FRANÇOISE
DE RIMINI

OPÉRA EN QUATRE ACTES
AVEC PROLOGUE ET ÉPILOGUE

PAROLES DE

JULES BARBIER ET MICHEL CARRÉ

MUSIQUE DE

AMBROISE THOMAS

PARIS
CALMANN LÉVY, ÉDITEUR
RUE AUBER, 3, ET BOULEVARD DES ITALIENS, 15
A LA LIBRAIRIE NOUVELLE

1882

FRANÇOISE DE RIMINI

OPÉRA

Représenté pour la première fois, à Paris, sur la scène de l'ACADÉMIE NATIONALE DE MUSIQUE, le 14 avril 1882.

CALMANN LÉVY, ÉDITEUR

EXTRAIT DU CATALOGUE

JULES BARBIER

Format grand in-18

LE BERCEAU, comédie en un acte	1 50
LE CABARET DES AMOURS, opéra-comique en un acte. . . .	1 »
LA COLOMBE, opéra-comique en deux actes	1 »
LES CONTES D'HOFFMANN, opéra en quatre actes.	1 »
DEUCALION ET PYRRHA, opéra-comique en un acte	1 »
DON MUCARADE, opéra-comique en un acte	1 »
DON QUICHOTTE, opéra-comique en trois actes	1 »
UN DRAME DE FAMILLE, drame en cinq actes	1 »
L'ÉVENTAIL, opéra-comique en un acte	1 50
FAUST, opéra en cinq actes	2 »
FIDELIO, opéra en trois actes	1 »
GALATHÉE, opéra-comique en deux actes	1 »
GIL-BLAS, opéra-comique en cinq actes	1 »
LA GUZLA DE L'ÉMIR, opéra-comique en un acte.	1 »
HAMLET, opéra en cinq actes	1 »
MIGNON, opéra-comique en trois actes	1 »
MISS FAUVETTE, opéra-comique en un acte.	1 »
LES NOCES DE FIGARO, opéra-comique en quatre actes. . .	1 »
LES NOCES DE JEANNETTE, opéra-comique en un acte . . .	1 50
LES PAPILLOTES DE M. BENOIST, opéra-comique en un acte.	1 »
LE PARDON DE PLOERMEL, opéra-comique en trois actes. .	1 »
PAUL ET VIRGINIE, opéra en trois actes	1 »
PEINES D'AMOUR PERDUES, comédie lyrique en quatre actes.	1 »
PHILÉMON ET BAUCIS, opéra-comique en deux actes	1 »
LA REINE DE SABA, opéra en cinq actes	1 »
ROMÉO ET JULIETTE, opéra en cinq actes	1 »
LES SABOTS DE LA MARQUISE, opéra-comique en un acte. .	1 »
LES SAISONS, opéra-comique en trois actes.	1 »
LA STATUE, opéra-comique en trois actes.	1 »
VALENTINE D'AUBIGNY, opéra-comique en trois actes	1 »

PARIS. — IMPRIMERIE CHAIX, 20, RUE BERGÈRE. — 7912-2.

FRANÇOISE
DE RIMINI

OPÉRA EN QUATRE ACTES

AVEC PROLOGUE ET ÉPILOGUE

PAROLES DE

JULES BARBIER ET MICHEL CARRÉ

MUSIQUE DE

AMBROISE THOMAS

PARIS
CALMANN LÉVY, ÉDITEUR
ANCIENNE MAISON MICHEL LÉVY FRÈRES
3, RUE AUBER, 3

1882

PERSONNAGES

LANCIOTTO MALATESTA	MM. LASSALLE.
PAOLO, son frère.	SELLIER.
GUIDO DE POLENTA.	GAILHARD
ASCANIO	Mlle RICHARD
DANTE.	M. GIRAUDET
VIRGILE.	Mme BARBOT
UN PAGE	***
FRANCESCA.	Mlle CAROLINE SALLA
PEDRO. . . } personnages du ballet	M. MÉRANTE
DOLORÈS. . } personnages du ballet	Mlle MAURI
BÉATRIX, personnage muet	***

SEIGNEURS GUELFES ET GIBELINS,
DAMES, VARLETS ET PAGES, BOURGEOIS, SOLDATS
DAMNÉS ET SÉRAPHINS

La scène est à Rimini, vers l'an 1289.

S'adresser au *Ménestrel*, 2 bis, rue Vivienne, chez MM. HEUGEL ET FILS pour la partition et la mise en scène.

CHANT

Premiers Dessus. — *Coryphées*, Mmes Granier, Nastorg.

Mmes Lebrun, Lasserre, Prudhomme, Lovendal, H. Bouillard, E. Bouillard, Chéri, Lafitte, Pierre, Marietti, Lebel, Valack.

Seconds dessus.

Mmes Motteux, Parent, Klemzinski, Guérin, Marchant, Bernardi, Lebrun, Reingpach, Stech-Hélin.

Troisièmes dessus.

Mmes Brousset, Godard, de Bondé, A. Jaeger, Méneray, Laboire, Louft, Schepers, Richard.

Quatrièmes dessus. — *Coryphée*, Mme Christian.

Mmes Cottignies, Gougenheim, Printemps, E. Jaeger, Piermarini, Ledien, Degraef.

Premiers ténors. — *Coryphées*, MM. Hélin, Gilbert, Giraud.

MM. Desdet, Brégère, Desdet fils, Vignot, Kerkaert, Vasseur, Rousseau, Nagrasse, Moreau, Barrier, Lozier, Mesme, Cléry Moison.

Seconds ténors. — *Coryphées*, MM. de Sörös, Menjaud, Brisson.

MM. Blanc, Connesson, Granger, Flajollet, Bonnemye, Devisme, Petitjean, Salviat, Suntrupp, Buick, Pissard.

Premières basses. — *Coryphées*, MM. Jolivet, Lafitte, Gaby.

MM. Margaillan, Lejeune, Schmidt, Legée, Castets, Pons, Égée, Graux, Vallé.

Secondes basses. — *Coryphées*, MM. Thuillart, Soyer, Artero.

MM. Danel, Jeanson, Fleury, Soulier, Fardé, Garet, Donnette, Compans, Debroas, Morin, Maus, Delsart, Famechon.

DIVERTISSEMENT

Prisonniers Espagnols.

Sujets. — Mlles Mauri, M. L. Mérante,
Mmes Fatou, Piron, Sanlaville, Bernay, Hirsch, Colombier.

Vénitiennes.

Sujets. — Adriana, Monchanin, M. Biot, Grangé, Keller, Lecerf, Salle, Sacré.

Florentines.

Sujets. — Ad. Mérante, Mercédès, A. Biot, Ottolini, Moïse, Gallay, Stilb, Chabot.

Vénitiennes.

Coryphées. — Jourdain, Bourgoin, Vendoni, Grandjean 1re, Kahn, Grandjean 2e, Fléchelle, Blanc 2e.

Florentines.

Coryphées. — Girard, Méquignon, Vignon, Rat, Désiré, Violat, Laurent, Martin.

Gondoliers.

Sujets. — MM. Lecerf, Stilb, Marius, Soria,

Coryphées. — MM. Leroy, Lefèvre, Staderini, Baptiste, Perrot, Friant, Berger, Elisée.

Coryphées. — Mlles Leppich 2e, Moris, Leppich 1re, Vuthier, Princ 1re, Méquignon 2e, Desprez, Deschamps.

FIGURATION

PROLOGUE. — DEUXIÈME TABLEAU.

Caron.

M. Porcheron.

ACTE PREMIER. — DEUXIÈME TABLEAU.

Dix Chevaliers.

MM. Domingi, Diany, Hoquante, Vagner, Guillemot, Dieul, Bussy, Porcheron, Gabiot, Barbier.

Peuple.

MM. Ponçot, Jules, Leroy, Lefèvre, Staderini, Gamforin, Baptiste, Berger, Perrot, Galland, Elisée, Chenat, Meunier, Vandris, Ribert, Friant, Férouelle, Javon, Vasquez.

Ladam, Keller, Domingi, Régnier, Recule, Cuvelier, Laurent 1re, Laurent 2e, Odeym, Pacolet.

Mlles Mayer, Marchisio 1re, Leriche, Poulain, Corzoli, Maffioli, Perrot, Treluyer, Sarcy, Sergis, Marchisio 2e, Ferney, Lainé, Franck, Lobstein, Monnier, Evanof, Rossy, Hayet, Leppich 3e, Campion, Buret, Drouineau, Vangothen, Laurençon, Rossy 2e, Mestais, Laurent 2e, Darde.

Meurant, Guéroult, Malgorne, Hermet, Fauvain, Blanc 1re, Jeanne Marthe Avenet, Mullier, Bicard, Vallet, Juliette Blanc 2e, Lasne, Henry, Monnier, Morand, Normand, Pennemanne, Bérard, Leroy, Douchet, Morel, Gratiot, Chouipp, Dilon.

Hatrel, Monté, Couralet, Boudet, Gladieu, Régnier 1re, Boos, Guerra, Piau, Doucet, Brocq, Vangothen 2e.

Comparses.

DEUXIÈME ACTE.

Huit pages italiens.

Lobstein, Monnier, Evanof, Rossy 1re, Hayet, Campion, Buret, Drouineau.

Huit pages allemands.

Poulain, Corzoli, Maffioli, Sergis, Marchisio 2e, Ferney, Lainé, Franck.

Quatre dames d'honneur.

Fauvain, Blanc, Avenet, Mullier.

TROISIÈME ACTE.

Les huit pages italiens.

Les quatre dames d'honneur.

Les huit pages allemands.

Soldats comparses.

APOTHÉOSE.

Béatrix.

Mlle Desprez.

Demoiselles 1er et 2e quadrilles. Élèves demoiselles.
Dames figurantes.

FRANÇOISE DE RIMINI

PROLOGUE

PREMIER TABLEAU

La porte de l'Enfer, au milieu d'un amoncellement de rochers. — Nuit.

SCÈNE PREMIÈRE

DANTE, seul.

Au lever du rideau la scène est vide. — Les vers suivants sont écrits en caractères d feu au-dessus de la porte infernale.

CHŒUR INVISIBLE.

C'est par moi qu'on connaît l'éternelle souffrance ;
Vous qui passez mon seuil, laissez toute espérance !

Dante paraît ; l'inscription lumineuse s'éteint

DANTE.

D'où viennent ces accents plaintifs, désespérés ?
Quel est ce lieu sauvage et sombre

Où mes pas se sont égarés ?...
De quelles visions suis-je assailli dans l'ombre ?
Une louve affamée, un lion rugissant
M'ont poursuivi comme une proie !
Le soleil s'est éteint sous un voile de sang,
Et j'ai perdu la bonne voie !

SCÈNE II

DANTE, VIRGILE.

VIRGILE, apparaissant

Dante !

DANTE.

Ah! qui que tu sois, homme ou fantôme vain,
Viens à mon aide ! étends vers moi ta main !

VIRGILE.

La terre où je passai, comme toi me renomme ;
Je fus poète comme toi.
Je naquis à Mantoue et j'ai vécu dans Rome
Sous Auguste, empereur et roi !

DANTE.

Es-tu donc ce poète aux lèvres d'ambroisie
Qui tenait l'univers charmé ?
O Gloire ! ô pur foyer de toute poésie !
Virgile !.. ô maître bien-aimé !

VIRGILE.

Près du seuil lumineux que Dieu nous ferme encore,
J'errais parmi ceux d'autrefois ;
Pâle comme Phœbé, belle comme l'aurore,

Une femme m'appelle et m'arrête à sa voix :
« Privé de toute aide opportune,
» Mon ami, qui n'est pas celui de la fortune, —
» Dit-elle, — sans savoir où le guidaient ses pas,
» Est descendu vivant dans la sombre vallée...
» Au nom de Béatrix, qu'il invoque tout bas,
» Va, secours-le si bien que j'en sois consolée ! »

DANTE.

Béatrix ! — Béatrix !

VIRGILE.

Elle parle et j'accours.

DANTE.

O divine bonté ! — Charitable secours !

VIRGILE.

Viens ! — Je serai ton guide en ces lieux redoutables
Fermés aux regards des vivants !
Là des sanglots, des pleurs et des cris lamentables,
Pareils aux bruits des flots mouvants,
Retentissent au loin dans un air sans étoiles !..
Si ton cœur est bien résolu,
De ce monde pour toi j'écarterai les voiles !
C'est Béatrix qui l'a voulu !

DANTE.

O maître ! ô Seigneur ! — Viens ! mon cœur est résolu !

Les caractères lumineux reparaissent.

LE CHŒUR INVISIBLE.

C'est par moi qu'on connaît l'éternelle souffrance !
Vous qui passez mon seuil, laissez toute espérance !

Virgile entraîne Dante. — Changement à vue

DEUXIÈME TABLEAU

Le premier cercle de l'Enfer. — Fleuve sombre et rochers, lueurs flamboyantes dans la nuit.

SCÈNE PREMIÈRE

DANTE, VIRGILE, puis PAOLO ET FRANCESCA.

La scène est vide.

PLAINTES ET CLAMEURS LOINTAINES.

Mes os brûlent ! — Ma peau s'embrase !
Mes dents se heurtent en grinçant !
Le hideux démon boit mon sang !
Il m'étouffe ! — Son pied m'écrase !.....
Maudit soit Dieu,
Dont l'implacable main nous enchaîne en ce lieu !

Dante et Virgile abordent parmi les rochers. — La barque infernale s'éloigne au milieu des cris et des imprécations.

DANTE.

Je me sens pénétré de terreur ! Mon cœur tremble !

VIRGILE.

Suis-moi.

Ils s'avancent. Les âmes de Paolo et de Francesca traversent la scène emportées par le vent.

DANTE.

Maître, qui sont ceux-là qui vont ensemble
Tendrement enlacés et si légers au vent ?..

VIRGILE.

N'attends pas que leur vol les porte plus avant ;
Invoque-les au nom du Dieu qui les rassemble ;
Ils répondront à ton appel.

DANTE.

Êtres infortunés, couple exilé du ciel,
Pauvres amants, fuyant le froid glacé des tombes,
Venez et parlez-nous !

Paolo et Francesca s'arrêtent sur un rocher.

Pareils à deux colombes
Qu'un même essor unit,
Et qui traversent l'air, volant vers leur doux nid.
Ils descendent vers nous ; — ma pitié les attire.

FRANCESCA ET PAOLO.

Ami compatissant, qui plains notre martyre,
Que nous veux-tu ?

DANTE.

Parlez ! — J'ai hâte de savoir
Quel funeste serment vous lie, ou quel pouvoir ?

FRANCESCA ET PAOLO.

Ah ! le cruel effort et l'épreuve cruelle !
Sous le poids d'un malheur qui ne doit pas finir,
Pourquoi faut-il, hélas ! que par le souvenir
Notre douleur toujours se renouvelle !

FRANCESCA.

Son nom est Paolo, le mien est Francesca.

PAOLO.

L'un à l'autre, à jamais, l'amour nous enchaîna.

FRANCESCA.

Amour coupable, hélas ! passion criminelle

PAOLO.

Rayon divin suivi d'une nuit éternelle !

FRANCESCA.

Dieu nous unit enfin dans une même mort

PAOLO.

Celui qui nous frappa gémit sous le remord !

DANTE.

Dites-moi vos aveux et vos premières larmes,
Et comment se sont pris vos cœurs aux mêmes charmes !

FRANCESCA.

Nous étions seuls tous deux...

PAOLO.

Lisant au même livre...

FRANCESCA.

Non !.. Je ne puis poursuivre !

DANTE, à Virgile

Ils pleurent, approchons-nous d'eux !

FRANCESCA ET PAOLO.

O trop cruel effort !.. épreuve trop cruelle !
Sous le poids d'un malheur qui ne doit pas finir,
Pourquoi faut-il, hélas ! que par le souvenir
Notre douleur toujours se renouvelle !

Ils s'éloignent en se tenant enlacés et disparaissent dans les rochers.

DANTE.

Quel est donc ce passé qu'ils n'osent rappeler ?

VIRGILE.

Pour toi, si tu le veux, ce passé va revivre,
Et sous tes yeux se dérouler !
Ils étaient seuls tous deux lisant au même livre...

Tout en parlant, il s'éloigne avec Dante. — La toile tombe.

ACTE PREMIER

PREMIER TABLEAU

Un oratoire byzantin. — Vitraux peints. — Prie-Dieu. — Image de Madone sur fond d'or.

SCÈNE PREMIÈRE

PAOLO, FRANCESCA.

Ils sont assis l'un près de l'autre et lisent ensemble dans le même livre.

PAOLO, *lisant.*

« Galléhaut ajouta qu'une amoureuse flamme
» Avait fait Lancelot vainqueur;
» Que ses exploits n'étaient que pour plaire à sa dame,
» Seule maîtresse de son cœur!
» Qu'on pouvait écouter sans crime
» Ce cœur si tendrement épris,
» Et qu'il était bien légitime
» Qu'un doux baiser en fût le prix.

FRANCESCA, *continuant de lire.*

» La Reine répondit avec un fin sourire :
» M'en ferai-je prier? Plus que vous le désire. »

PAOLO.

« Lors voyant bien que loin d'oser,
» Le chevalier s'en troublait davantage,

» La reine s'inclina, confuse de visage,
» Et devant Galléhaut lui donna le baiser. »

Interrompant sa lecture et sans oser regarder Frances a.

Oh ! l'heureux chevalier, que sa dame convie,
Par un si tendre aveu, de lui donner sa foi !
En un pareil moment, que ne perd-on la vie !
Oh ! l'heureux chevalier !...

FRANCESCA, s'inclinant vers Paolo.

Pas plus heureux que toi !

Elle le baise au front et laisse tomber le livre.

PAOLO.

Francesca !

FRANCESCA.

Paolo !... Je t'aime !...

PAOLO, se laissant glisser aux genoux de Francesca.

O vœu que je n'osais former !
Ne demandant à Dieu lui-même
Que de te voir et de t'aimer !

Ils se lèvent tous deux enlacés dans les bras l'un de l'autre.

Regarde-moi, mon cœur, ma joie !
Tout mon espoir ! tout mon amour !
Mon âme en ton âme se noie,
Comme le jour se mêle au jour ! —
Vivre à jamais de ta pensée !
Partager, — oh ! la douce loi ! —
L'heure à venir, l'heure passée !
Vivre par toi ! — Mourir pour toi !

FRANCESCA.

Du jour où je t'ai vu, je t'ai donné ma vie ;
Ne l'as-tu pas lu dans mes yeux?

PAOLO.

J'aurais craint de porter jusque-là mon envie,
De loin je contemplais les cieux !

FRANCESCA, souriant.

C'est pour les voir de près, cependant, qu'à mon père
Vous avez demandé d'être mon écuyer.

PAOLO.

Porter votre missel, vous tenir l'étrier,
Quel rêve plus charmant ? Quel destin plus prospère ?

FRANCESCA.

Par delà les mers et les monts,
Loin de nous le fracas des armes !...
Guerres qui coûtez tant de larmes,
Éloignez-vous ! — Nous nous aimons !

ENSEMBLE.

Regarde-moi, mon cœur, ma joie !
Tout mon espoir, tout mon amour !
Mon âme en ton âme se noie
Comme le jour se mêle au jour !
Vivre à jamais de ta pensée !
Partager, — oh ! la douce loi ! —
L'heure à venir, l'heure passée !
Vivre par toi ! Mourir pour toi !

Guido paraît sur le seuil.

SCÈNE II

LES MÊMES. — GUIDO.

FRANCESCA.

Mon père !
A Guido.
Qu'avez-vous, et d'où vient l'épouvante
Que je lis dans vos yeux ?

GUIDO.

Ma fille, adresse à Dieu ta prière fervente !
Rien ne peut nous sauver que le secours des cieux.

PAOLO.

Qu'arrive-t-il ? Quel danger nous menace !

GUIDO.

Les Guelfes triomphants gagnent de place en place
Tout le pays toscan. — Des soldats résolus
Ont défendu Milan ; — Milan n'existe plus !
Ils ont pillé Ferrare, ils ont saccagé Parme !
Leurs troupes de Florence occupent les chemins,
Et Rimini va tomber en leurs mains !
On entend un bruit de cloches.
Écoutez ! Écoutez ! c'est le signal d'alarme !

PAOLO.

C'est donc le signal des combats !
Nos citoyens ne fuiront pas !

GUIDO.

Ah! tu ne connais pas la multitude vile!
L'or étranger déjà circule dans la ville!
Nos murs sont d'avance livrés!...

PAOLO.

Quoi! vous êtes soldat, et vous désespérez!

GUIDO, avec tristesse.

J'ai vu ces guerres sans gloire,
Et j'en garde la mémoire!
De nos vainqueurs insolents
J'ai vu les hordes sauvages,
Nous apportant leurs ravages,
Fouler nos pavés sanglants!
Jadis superbes et fières,
J'ai vu des villes entières
Périr ou s'humilier!
Et ces trente ans de carnage,
Il est permis à mon âge
De ne pas les oublier!

PAOLO.

Il est permis au mien d'en effacer la trace;
De vaincre, si le peuple à ma voix entraîné,
Seconde mon audace!
Et si j'en suis abandonné,
De mourir!...

FRANCESCA, se jetant dans ses bras.

Paolo!...

Se tournant vers son père

Je l'aime! —
O mon père, pardonnez-moi
D'avoir, sans votre aveu, disposé de ma foi!

Il me tient de l'amour, il me tient de moi-même!
Consacrez des liens si doux!...
En présence du ciel qu'il me tienne de vous!
Je l'aime!...
On ignore son propre cœur!
On croit braver l'amour, il est déjà vainqueur!
Sans le connaître encore on reçoit son baptême!
Il suffit qu'on lise à genoux
D'amoureux fabliaux qui soupirent pour nous!...
Je l'aime!...

GUIDO.

Va, ton choix est le mien! Et si, dans un tel jour
Rien pouvait apporter quelque joie à mon âme,
Enfants, ce serait votre amour!

A Paolo.

Paolo, sois mon fils! ..

A Francesca.

Francesca, sois sa femme!

Il les presse tous deux dans ses bras.

Mais par cet amour même, évitez le courroux
D'un ennemi cruel! — Partez! — Fuyez!

FRANCESCA.

Sans vous?...

GUIDO.

Que deviendront, si je ne les protège,
Femmes, vieillards, enfants, dont le soin m'est commis?
J'irai, pour leur rançon, m'offrir aux ennemis!

FRANCESCA.

Eh bien! nous vous ferons cortège!

GUIDO.

Malheureuse! Sais-tu qui les mène? un banni,

Que le sort fit déchoir, qu'élève un sort contraire,
Et qui de son passé punira Rimini !

PAOLO.

Qui donc ?

GUIDO.

Malatesta, ton frère !

PAOLO.

Lui ! Dieu puissant ! — Il ose à la face des cieux,
Imprimer cette tache au nom de nos aïeux !

Italie ! Italie !
Noble terre avilie
Qu'on livre à l'étranger,
Que ton ancienne gloire
Nous revienne en mémoire
A l'heure du danger !...
Tes fils, le fer en main, sauront te protéger !...

ENSEMBLE.

Italie ! Italie !
Noble terre avilie
Qu'on livre à l'étranger,
Que ton ancienne gloire
Nous revienne en mémoire
A l'heure du danger !
Tes fils, le fer en main, sauront te protéger !

Ils sortent. — Changement à vue.

DEUXIÈME TABLEAU

La place d'armes. — Au fond, l'arc de triomphe d'Auguste. — A droite, une pierre carrée, la tribune de César.

SCÈNE PREMIÈRE

BOURGEOIS, FEMMES, puis SOLDATS, puis ASCANIO.

CHŒUR.

C'est fait de nous !
Entendez-vous
La cloche qui sonne
Mon cœur frissonne !
C'est fait de nous.

Une autre troupe de bourgeois entre en scène.

2e CHŒUR.

Ils sont aux portes de la ville.

1er CHŒUR.

Combien ?

2e CHŒUR.

Dix mille !

1er CHŒUR.

Les maudits !

2e CHŒUR.

Les bandits !

Malatesta,. qui les commande,
A moins qu'on ne se rende,
Jure de tout brûler!

1er CHŒUR.

Ce n'est pas un serment frivole;
Il est homme à tenir parole!

TOUS.

Il faut capituler!

ASCANIO accourant.

Quoi! sans combattre!

LE CHŒUR.

Un contre quatre!

2e CHŒUR.

Les chefs ont quitté leurs palais
Au premier cri d'alarme!

1er CHŒUR.

Et les soldats?

2e CHŒUR.

L'or les désarme
Ils sont à qui les paie.

1er CHŒUR.

O ciel!

2e CHŒUR.

Écoutez-les!

Un chœur de soldats envahit a scène.

LES SOLDATS.

Guelfes ou Gibelins, qu'importe?
A tout seigneur
Tout honneur!
Courons au drapeau qui l'emporte,
Et, si l'Italie est morte,
Servons l'Empereur!

ASCANIO, s'avançant entre les bourgeois et les soldats et les raillant.

Par ma foi! quel courage!
Quel amour du pays!
L'étranger vous outrage!
Vos champs sont envahis...!

A un bourgeois.

Et toi, prudent et sage,
Tu fuis devant l'orage!

A un soldat.

Toi, soldat, tu trahis!..
Par ma foi! Quel courage!
Quel amour du pays!

LES SOLDATS.

Morbleu! l'insolence est forte!
A l'ennemi qu'on l'escorte,
Fers aux mains et corde au cou!

1er CHŒUR.

C'est un enfant!

2e CHŒUR.

C'est un fou!..

Bourgeois et soldats menacent Ascanio.

ASCANIO.

Allons ! ferme ! mes braves !
Je ne suis qu'un enfant !
Pour me charger d'entraves,
Prenez l'air triomphant !

Aux bourgeois.

Cachez-vous dans vos caves !

Aux soldats.

Et vous, soyez esclaves !
Moi seul, je me défend !
Allons ! ferme ! mes braves !
Je ne suis qu'un enfant !

Appel de clairon au loin.

LE CHŒUR.

Écoutez les clairons ! chaque moment qui passe
Accroît notre danger...

ENSEMBLE

LES BOURGEOIS.

A qui peut se venger
Demandons grâce !
C'est fait de nous !
Entendez-vous
La cloche qui sonne !...
Mon cœur frissonne !
C'est fait de nous !

LES SOLDATS.

Sans nous entr'égorger
Livrons la place !
Imitez-nous !
Entendez-vous

La cloche qui sonne!
Pour qu'on pardonne,
Imitez-nous!

ASCANIO.

O honte! à l'étranger
Demander grâce!
Vite à genoux!
Entendez-vous
La cloche qui sonne
On vous pardonne!
Vite à genoux!

SCÈNE II

LES MÊMES, PAOLO.

PAOLO.

Citoyens! Citoyens! L'ennemi nous menace!
Attendrez-vous la mort?... Aux remparts! Suivez-moi!

Un silence.

ASCANIO, s'approchant de Paolo.

Seigneur, nous sommes deux! — L'effroi
Les a cloués sur place!

PAOLO.

O lâcheté! L'ai-je entendu?

ASCANIO.

Rimini périra sans s'être défendu!

PAOLO.

Non, non ! Réveillez dans votre âme !
Un courage endormi !
Jadis devant votre oriflamme
A tremblé l'ennemi !

Deuxième appel de clairons. Ascanio monte sur la tribune de César pour regarder au loin.

Non ! non ! Quand César, où nous sommes,
Haranguait ses soldats,
Vos aïeux combattaient en hommes,
Et ne se rendaient pas !

ASCANIO, sur son piédestal.

Seigneur !... On se consulte !
L'ordre est, je crois, donné
D'ouvrir à l'ennemi ! — L'on se presse en tumulte !

Troisième appel de clairons.

Pour la dernière fois les clairons ont sonné !

ENSEMBLE.

LES SOLDATS.

Désertez un drapeau par le ciel condamné !

LES BOURGEOIS.

Désertons un drapeau par le ciel condamné !

ASCANIO, regardant toujours au loin.

Seigneur ! La porte cède !
On n'a pas attendu
Le combat ! — C'en est fait ! l'étranger nous possède !

Sautant à bas de la tribune de César.

Rimini périra sans s'être défendu !

PAOLO.

O désespoir !

LES SOLDATS, aux bourgeois.

Pourquoi trembler ?

LES BOURGEOIS.

Tout est perdu !

PAOLO, à Ascanio, en lui tendant la main.

Toi, quel est ton nom ?

ASCANIO.

Je me nomme
Ascanio, Seigneur.

PAOLO, aux soldats et aux bourgeois.

Lui seul parle en homme !...
Devant cet enfant, ô suprême affront !
Lâches, rougissez et courbez le front !...

LE CHŒUR.

Vive Malatesta

Entrée triomphale de Malatesta en costume de guerre. — Fanfares éclatantes. — Les Guelfes lui font cortège l'épée à la main. — Une troupe de reitres et de trabans allemands, portant l'étendard impérial aux armes de la maison de Souabe se range au fond du théâtre.

SCÈNE III

LES MÊMES, MALATESTA, GUELFES, SOLDATS ALLEMANDS.

MALATESTA.

C'est bien ! assez ! J'oublie
Qu'on a tardé peut-être à m'obéir !

Montrant le drapeau impérial.

Voici votre drapeau qui l'osera trahir
Brave la mort ! — Qu'on s'humilie !

On s'incline. — Quelques-uns se prosternent. — Malatesta s'avance vers Paolo qui n'a pas bougé.

Qui donc reste debout lorsque j'ai parlé ?

PAOLO, *se retournant.*

Moi !

MALATESTA.

Mon frère !

PAOLO.

D'où vient ton émoi ?
Pour châtier mon insolence
N'as-tu pas tes soldats ? Impose-moi silence !
Ces pierres parlent contre toi !
Elles savent te reconnaître !
Elles évoquent ton passé !
Elles disent : c'est lui ! le traître
Que ses concitoyens autrefois ont chassé !

MALATESTA.

Misérable ! — Mais non ! tu ne peux me comprendre !
J'accomplis mon devoir loin de le déserter !
Ce faîte glorieux, tu crois m'en voir descendre,
Et tu ne m'y vois pas monter !
Que vos cités dans leur furie
Se déchirent de toute part !...
Je ne connais qu'une patrie
Et je ne veux qu'un étendard !

PAOLO.

Oui, d'une parole sonore
Le crime insolent du vainqueur
Se justifie et se colore !...
Frappe plutôt !... Voici mon cœur !

Malatesta furieux porte la main à son épée.

SCÈNE IV

LES MÊMES, FRANCESCA, GUIDO.

FRANCESCA, entrant en scène et se précipitant entre eux.

Ah !... Paolo !

PAOLO.

Francesca !...

FRANCESCA, tombant aux genoux de Malatesta.

Grâce !

PAOLO, la relevant.

Toi ! te jeter à ses genoux !
Debout, fille de noble race !
Laisse Dieu juger entre nous !

MALATESTA, remettant l'épée au fourreau, avec calme.

C'est bien ! Dieu jugera !

A Francesca.

Quelle est votre famille ?

GUIDO, s'avançant.

Seigneur ! c'est Francesca, ma fille !
J'ai pu fuir ! — Le devoir a retenu mes pas ! —
Que je sois la rançon de tous !

MALATESTA.

N'êtes-vous pas
Guido de Polenta ?

GUIDO.

Lui-même !

MALATESTA.

Un de ceux qui sur moi lancèrent l'anathème ?..
Mais je ne veux pas me venger.
Je ferai plus : — pour l'amour d'elle,
Je pardonne à celui qui vient de m'outrager !
Sois libre !

FRANCESCA, voulant entraîner Paolo.

Viens !

MALATESTA, les arrêtant.

Quoi donc? Est-ce là mon partage?
A peine ai-je exaucé votre premier désir,
Et vous fuyez! — Non pas! puisqu'on m'offre un otage,
C'est vous que je prétends choisir!

PAOLO.

Ah! tu te venges!

FRANCESCA, à part.

Loi cruelle!

MALATESTA, à part.

Ils s'aiment!... Je m'en souviendrai!

ASCANIO à Paolo.

Seigneur! Nous serons deux à combattre pour elle!
Loin de ces murs je vous suivrai!

PAOLO.

O douleur!

FRANCESCA.

Hélas!

MALATESTA.

Qu'on déploie
Les drapeaux au sommet des tours!
Et que partout les feux de joie
S'allument au bruit des tambours!

ENSEMBLE

MALATESTA.

Ajoutons à ma gloire

Un pardon généreux!

Au peuple.

Par des chants de victoire
Fêtez ce jour heureux!

GUIDO ET ASCANIO.

O funeste victoire!
L'enfer combat pour eux!
Insultez, chants de gloire,
A des cœurs malheureux!

PAOLO ET FRANCESCA.

Insultez, chants de gloire,
A nos cœurs malheureux!
Ah! garde en ta mémoire
Nos serments amoureux

LE CHŒUR

Honneur, honneur et gloire
Au guerrier valeureux
Couronnant sa victoire
D'un pardon généreux!

Paolo suivi d'Ascanio s'éloigne en jetant un dernier adieu à Francesca à qu Malatesta vient offrir la main. — Les soldats agitent des drapeaux. Les tambours battent aux champs. — La toile tombe.

ACTE DEUXIÈME

Galerie ouverte conduisant à une chapelle.

SCÈNE PREMIÈRE

FRANCESCA, GUIDO.

Francesca entre précipitamment, suivie de Guido; un voile de mariée couvre son front.

FRANCESCA.

Non! Non! Plutôt la mort que cet hymen maudit!

GUIDO.

Francesca! Souviens-toi des proscrits.

FRANCESCA.

Je l'ai dit :
A mes serments rien ne peut me soustraire!

Avec désespoir.

Quoi!... Paolo n'est plus! Et j'épouse son frère!...

Elle tombe accablée sur un banc et pleure.

GUIDO.

Si le péril ne menaçait que moi,
Misère, exil, dernier supplice,
J'affronterais tout sans effroi
Pour ne pas t'imposer un pareil sacrifice.
Mais tu dois l'accomplir pour d'autres que pour nous,
Car c'est un peuple entier qui t'implore à genoux!

FRANCESCA.

Ainsi pour le salut de tous
Il faut que je sois criminelle !...

GUIDO.

Criminelle envers qui?... Ton cœur en vain l'appelle,
Paolo ne reviendra pas !

FRANCESCA.

Qui sait ! Le bruit de son trépas
Est mensonger, peut-être !...
S'il vivait !... S'il allait paraître !...

SCÈNE II

LES MÊMES, ASCANIO.

ASCANIO, paraissant au fond.

Hélas ! non !... Paolo n'est plus,
Madame !...

FRANCESCA, avec un cri de douleur en se jetant dans les bras de son père

Ah !...

ASCANIO, avec ironie.

Paolo ne peut plus voir vos larmes ;
Épargnez-vous des regrets superflus !...

GUIDO.

N'étiez-vous pas son page ?

ASCANIO.

Et son compagnon d'armes ! —
O funeste journée !
Combat maudit de Dieu !
Au printemps de la vie, au printemps de l'année,
Noble, vaillant, mourir sous le ciel bleu !...
Fier de le suivre à la bataille
Et de marcher à ses côtés
Déjà, pour voir les coups portés,
Je me haussais presque à sa taille !...
L'ennemi nous sépare !... Il est enveloppé !...
Je vole à son secours !... Trop tard !... Il est frappé !...
Mon impuissante rage
Lui voit donner le coup mortel.
Dieu juste !... Et le soleil resplendissait au ciel !...

FRANCESCA, défaillante.

Douleur !..

GUIDO, à Ascanio.

Épargnez-lui cette sanglante image !

ASCANIO, froidement.

Seigneur, j'accomplis un message.

FRANCESCA.

Un message ?.. Sa bouche a prononcé mon nom ?..

GUIDO.

Ma fille !.. Au nom du ciel !..

FRANCESCA.

Non ! non !
Qu'a-t-il dit ?... Achevez !...

ASCANIO.

De sa lèvre glacée
Tombe un suprême adieu :
« Va, dit-il, lui porter ma dernière pensée !
» Elle n'a plus d'époux ; je la confie à Dieu !.. »
Il se croyait aimé, Madame !

FRANCESCA, *sans comprendre.*

Il se croyait aimé ?..

ASCANIO.

Ah ! si vous l'aviez vu, Madame, ranimé
Par votre souvenir !..

FRANCESCA.

Il se croyait aimé ?

ASCANIO.

La terre avait son cœur; que le ciel ait son âme !
Oui, voilà son adieu :
« Va, dit-il, lui porter ma dernière pensée ! »

FRANCESCA.

Suis-je donc insensée ?..

ASCANIO.

« Elle n'a plus d'époux, je la confie à Dieu !.. »

GUIDO.

Amour maudit de Dieu !

FRANCESCA.

C'est moi qu'on juge infâme ?..

ASCANIO.

Il se croyait aimé, Madame!..

FRANCESCA.

Juste ciel! en mon âme
Ai-je donc enfermé
Cette ivresse de flamme?...
On m'ose dire à moi qu'il se croyait aimé!..

Ascanio fait quelques pas pour s'éloigner.

Vous partez?.. vous partez sans m'avoir entendue?..

Ascanio s'arrête.

Ah! cette justice m'est due
Peut-être!.. Écoutez donc?.. La paix et le sommeil,
Grâce à moi, planeront ce soir sur cette ville;
Plus de fers, d'échafauds ni de guerre civile!..
Époux et fiancés, à l'heure du réveil,
Ne craindront plus le bruit des armes!
Ce bonheur, ce repos, ce pardon du vainqueur
Sont payés de ma vie, hélas! et de mon cœur!..
Maintenant doutez de mes larmes!

GUIDO.

Ta vie!.. ô Francesca?

FRANCESCA.

Recevez-en le don,
Mon père!.. On vient!.. Silence!..

ASCANIO, *s'inclinant.*

Ah! Madame!.. Pardon!..

Un cortège de dames, de seigneurs et de pages entre en scène. Les cloches sonnent. Ascanio se tient à l'écart.

SCÈNE III

LES MÊMES, SEIGNEURS, DAMES ET PAGES,
puis MALATESTA.

LE CHŒUR.

Longs jours, heureuse destinée
Aux époux que Dieu va bénir!..
Pour tous deux, heure fortunée,
Sois l'aube d'un doux avenir!
Montez aux cieux chants d'hyménée!

FRANCESCA, à part.

Hélas! cruelle destinée!..

GUIDO, bas.

Un peuple entier va te bénir!

LE CHŒUR.

Montez aux cieux chants d'hyménée!

MALATESTA, entrant.

Salut à vous, nobles amis!
Nos discords sont calmés, les plus fiers sont soumis!
L'Empereur a quitté Florence
Et sera bientôt parmi nous!..
Fêtons-le par des chants de joie et d'espérance!

S'approchant de Francesca.

Vous, Francesca, mon cœur vous choisit devant tous!..
Mais parlez!... Cette heure est suprême!
J'espère! je vous aime!
Que vos yeux se posent sur moi!
Que vos regards, nouveau baptême,
De mon cœur raniment la foi!

Suivez sans regrets et sans crainte
Votre époux au pied de l'autel;
Des liens d'une chaîne sainte
Soyons unis devant le ciel!
Je veux vous tenir de vous-même;
Parlez!..

FRANCESCA, à part.

O Dieu!..

MALATESTA, lui prenant la main

J'espère!.. je vous aime!

Chant des orgues, bruit de cloches

FRANCESCA, à part.

O rêves de bonheur!... rêves d'amour, adieu !

LE CHŒUR.

Longs jours, heureuse destinée
Aux époux que Dieu va bénir!
Pour tous deux, heure fortunée,
Sois l'aube d'un doux avenir!
Montez aux cieux, chants d'hyménée!...

Le cortége se dirige vers la chapelle. Ascanio reste seul en scène.

SCÈNE IV

ASCANIO, puis LES PAGES.

Hélas! si mes pleurs aujourd'hui
Ne peuvent lui rendre la vie
Je peux du moins prier pour lui! —
Victime au devoir asservie,
Ta Francesca mourra de ses amours!..
O Paolo, dans la paix éternelle,

Pardonne à qui t'aime toujours!
Seigneur, pitié pour lui! pitié pour elle!...

LES PAGES, *rentrant en scène.*

Nous, amis, surveillons les apprêts du repas!

A Ascanio

Messire, ne venez-vous pas?

Ascanio s'asseoit tristement sans répondre; les pages l'entourent en riant.

Eh bien! mon jeune page,
A quoi rêves-tu là?
Fais-nous meilleur visage!
Un jour de mariage
Est un jour de gala!

ASCANIO.

Non! non!... Laissez-moi seul! je suis triste et je pleure.

LES PAGES.

Pour pleurer, vive Dieu!... tu choisis mal ton heure!

ASCANIO.

Votre maître est heureux... Le mien n'est plus, hélas!

LES PAGES.

Combien d'autres sont morts!... c'est le sort des combats!

ASCANIO.

O mon seigneur! ô mon cher maître

LES PAGES.

Tes pleurs le feront-ils renaître?
Rends grâce à Dieu d'être vivant!
Il faut tourner selon le vent!
Le temps n'est plus, beau page,
A ces souvenirs-là!

Fais-nous meilleur visage!
Un jour de mariage
Est un jour de gala!

Ascanio les éloigne du geste et entre dans la chapelle. Les pages sortent en

SCÈNE V.

PAOLO puis ASCANIO.

Paolo entre en scène, il marche péniblement et semble épuisé de fatigue.

PAOLO.

Ah! le rude chemin et les plaines brûlantes!
Que les heures m'ont semblé lentes!
Je tremblais!... ma blessure a failli se rouvrir!
Pour la première fois, j'avais peur de mourir!
Mais non! J'en crois ton doux oracle,
Amour qui fais tout mon espoir!
Laissé parmi les morts et sauvé par miracle,
Je ne dois pas mourir et je vais la revoir!
Amour, j'en crois ton doux oracle!

ASCANIO, sortant de la chapelle, sans voir Paolo.

Paolo!... Paolo!...

PAOLO, se retournant.

Qui prononce mon nom?

Reconnaissant Ascanio

Ascanio!...

ASCANIO.

Dieu!... je rêve!...

PAOLO lui tendant la main.

Non!

C'est bien moi !... moi, sauvé pour celle que j'adore !...

ASCANIO, s'élançant vers la chapelle.

Ah !... peut-être il est temps encore !...

CHŒUR dans la chapelle.

Seigneur, qu'ils soient unis sur terre et dans les cieux

Ascanio s'arrête, frappé de stupeur.

PAOLO.

Pour qui ces chants de fête et cet hymne pieux ?...

ASCANIO.

O désespoir !

PAOLO.

Pourquoi te taire ?
Un hymen s'accomplit !... Qui sont les deux époux ?...

Il monte les degrés qui conduisent à la chapelle et s'arrête sur le seuil.

Mon frère !... Et près de lui, mains jointes, à genoux,
Le front incliné vers la terre,
Francesca !... Saints du Ciel !... Francesca !... Trahison !...

ASCANIO.

Seigneur !...

PAOLO.

Non !... Je perds la raison !...
Francesca !... c'en est fait ! que la mort me délivre
De ces tourments d'enfer !...

Il déchire violemment son pourpoint comme pour rouvrir sa blessure.

ASCANIO, cherchant à l'arrêter.

Ciel !...

PAOLO, le repoussant.

Je ne veux plus vivre!
Non!... laisse-moi mourir!... adieu!

Il tombe évanoui près d'un banc de pierre. Ascanio s'agenouille près de lui et le soutient dans ses bras. Francesca et Malatesta paraissent sur le seuil de la chapelle suivis par Guido et le chœur.

SCÈNE VI

LES MÊMES, FRANCESCA, MALATESTA, GUIDO, LE CHŒUR.

FRANCESCA, apercevant Paolo.

Paolo!...

MALATESTA.

Lui!...

GUIDO.

Grand Dieu!...

MALATESTA, à part,

Lui vivant!...

LE CHŒUR, sourdement.

Paolo!...

MALATESTA, à part

Elle pâlit!... ô rage!...

A Francesca.

Calmez-vous!... Il respire et n'est qu'évanoui.

Se retournant vers Guido et le chœur.

Le bonheur nous a fait oublier son outrage.

FRANCESCA, chancelante.

Je me meurs...

MALATESTA, à demi voix.

Songez qu'aujourd'hui
Madame...

GUIDO, soutenant Francesca.

Elle chancelle !...

Les femmes s'empressent autour de Francesca et la font asseoir.

MALATESTA.

C'est à vous de prendre soin d'elle,
Seigneur Guido !...

Montrant Paolo.

Nous prendrons soin de lui.

Sur un signe de Malatesta on emporte Paolo évanoui. Malatesta s'éloigne à sa suite avec Ascanio, les seigneurs et les pages. Guido reste en scène avec Francesca et éloigne les femmes du geste.

SCÈNE VI

GUIDO, FRANCESCA.

GUIDO.

Il nous reste un recours suprême,
L'empereur ! Dès ce soir, je serai de retour !
Maîtrise-toi jusqu'à la fin du jour !

FRANCESCA, sans l'entendre.

Vivant !...

GUIDO.

Par pitié pour toi-même,
Pour moi qui t'implore et qui t'aime,
Silence !...

FRANCESCA, se levant et baissant la voix.

Il est vivant ?

GUIDO.

Oui.

FRANCESCA.

Vous me le jurez ?...

GUIDO.

Oui.

FRANCESCA.

C'est bien ! laissez-moi, mon père !...
Laissez-moi !...

GUIDO, à part.

Seigneur Dieu, c'est en vous que j'espère !
Guidez mon cœur et l'inspirez !

Il sort.

SCÈNE VIII

FRANCESCA, seule.

Il vit !.. celui que j'ai pleuré
Surgit de la poussière !
Le jour, sur ce front adoré,

Verse encor sa lumière !
O joie ! enchantement ! extase qui ravit
Et mes sens et mon âme !
Il respire ! Il renaît ! Cette ombre devient flamme !...
Il vit ! il vit !
Ah ! c'est moi que la mort foudroie !...
Son frère, mon époux, mon maître, mon seigneur !
O Dieu ! J'ai cru mourir de joie,
Et je vais mourir de douleur !...
Ingrate !... A la bonté céleste
Tu réponds par de vains regrets !...
Efface-toi ! Meurs ! Disparais !
Il vit !... Que t'importe le reste?...
O joie ! enchantement ! extase qui ravit
Et mes sens et mon âme !
Il respire ! il renaît ! cette ombre devient flamme !
Il vit ! il vit !
Mais quoi ! peut-être sans m'entendre
Il m'accuse de trahison !
O terreur ! Épouvante où se perd ma raison !....
Eh bien ! non !... Je ne veux pas même me défendre !
Souris, nature !... Et toi, soleil, dore les cieux !...
Dans mon cœur la douleur s'est tue !

Arrachant son bouquet de mariée, son anneau nuptial et son voile.

Loin de moi ce gage odieux,
Ces fleurs, ce voile qui me tue !
Il vit !... celui que j'ai pleuré
Surgit de la poussière !
Le jour, sur ce front adoré,
Verse encor sa lumière
O joie ! enchantement ! extase qui ravit
Et mes sens et mon âme !
Il respire ! il renaît ! Cette ombre devient flamme !
Il vit !... il vit !...

Elle s'élance dans la chapelle. – La toile tombe.

ACTE TROISIÈME

Une galerie fermée par un épais grillage de fer et d'or pouvant s'ouvrir. — Au fond de la scène, une seconde galerie donnant sur le port. — Éclairage de fête; illuminations au dehors.

SCÈNE PREMIÈRE

MALATESTA, seul.

Lui, Paolo !.. vivant !.. Dieu le rend à ma haine !
Quelles mains l'ont sauvé ? Quel démon le ramène ?
A pleurer sur son sort déjà l'on s'enhardit !
On l'aime !.. et moi, l'on me maudit !
Gloire, richesse, honneurs et puissance suprême,
Tout est vain si c'est lui qu'on aime !

O Francesca, ton front charmant
Rayonnait sur ma vie et transformait mon être !
Dans les ivresses de l'amant
A mes jeunes vertus je me sentais renaître !
O rage ! il est aimé !
C'est pour lui qu'on soupire et c'est lui qu'on adore !
C'est lui qu'on cherche encore
D'un regard enflammé !
O rage ! il est aimé !

SCÈNE II

MALATESTA, FRANCESCA.

Francesca entre en scène pensive et la tête baissée. En apercevant Malatesta, elle fait un mouvement pour se retirer.

MALATESTA, l'arrêtant.

Est-ce donc moi que vous fuyez, Madame?...
Quel vain souci
Trouble votre âme?...
Est-ce pour Paolo que vous tremblez ainsi ?

FRANCESCA.

Seigneur !..

MALATESTA.

Il fut, je crois, votre écuyer fidèle ?

FRANCESCA.

Il fut aussi, mon cœur se le rappelle,
L'ami de mon père et le mien !

MALATESTA.

Eh bien !.. la mort, comme moi-même,
A pardonné ! ne redoutez plus rien !...

Lui baisant la main.

Daignerez-vous pourtant sourire à qui vous aime ?

FRANCESCA.

Pour acheter votre pardon,
De ma main je vous ai fait don,
Monseigneur ! je suis votre femme ;
Mais je n'ai pas vendu mon âme !

MALATESTA.

Quoi ! ce n'est pas assez que par vos yeux dompté !... —

Arrêtant Francesca qui fait un pas pour s'éloigner.

Ah ! tenez ! Francesca ! mon orgueil s'humilie !
Soyez-moi plus clémente, et que ce cœur oublie
Les révoltes de ma fierté !
Je ne vous parle plus la menace à la bouche ;
Ce n'est plus mon honneur dont le souci me touche !
C'est mon amour !.. c'est ta beauté !

Mouvement d'effroi de Francesca.

CHŒUR DANS LA COULISSE

L'Italie en fête
Renaît aux plaisirs !
Après la tempête,
Les joyeux loisirs.

La grille du fond s'ouvre

MALATESTA.

Madame !.. relevez la tête !
Les chants éclatent sur vos pas !

A part. Avec amertume.

Il faut sourire aux chants de fête !..
O mon cœur, ne me trahis pas !

Une foule de seigneurs et de dames envahit la scène.— Malatesta conduit Francesca vers une petite estrade où des sièges sont préparés. — On se range de chaque côté de la scène.

SCÈNE III

MALATESTA, FRANCESCA, ASCANIO, SEIGNEURS, DAMES ET PAGES, puis LES PERSONNAGES DU BALLET, PEDRO, DOLORÈS, PAYSANS, PAYSANNES, ARTISANS, ETC.

LE CHŒUR.

L'Italie en fête
Renaît aux plaisirs ;
Après la tempête
Les joyeux loisirs !
Tristes alarmes,
Envolez-vous et fuyez pour toujours !
Au bruit des armes
Succède enfin l'ivresse des amours !

ASCANIO, *à part.*

La vengeance pour nous s'apprête ;
Guido m'a commandé tout bas
De cacher au bruit d'une fête
Le piège tendu sous ses pas.

MALATESTA, *à part.*

Il faut sourire aux chants de fête !
O mon cœur, ne me trahis pas !

Tout le monde prend place.

LE CHŒUR.

L'Italie en fête
Renaît aux plaisirs ;
Après la tempête
Les joyeux loisirs !

L'Italie en fête
Renaît aux plaisirs !..

ASCANIO, à Francesca.

Écoutez !.. c'est vous, Madame,
Qu'on fête et qu'on acclame.
Venez des pays d'alentour
De Francesca former la cour,
Et lui témoigner votre amour.

Une troupe de paysannes vient déposer aux pieds de Francesca des corbeilles de fleurs, — l'une d'elles porte la bannière de Rimini.

De Rimini saluons les couleurs ;
Toi qui mis fin à ses malheurs,
Reçois le tribut de ses fleurs.
Les lys aimés
Sont moins parfumés
Que cet encens divin d'un cœur de flamme,
Moins embaumés,
Moins purs que son âme.
Comme elle a répandu les grâces de son cœur
Pour guérir la douleur,
Répandez à ses pieds le doux printemps en fleur !

Une troupe de jeunes filles florentines succède aux jeunes filles de Rimini et viennent déposer des bijoux et des écrins aux pieds de Francesca; l'une d'elles porte la bannière de Florence.

Voici pour son front radieux
Des Florentins l'or précieux,
Trésor moins brillant que ses yeux.
L'art façonna ces écrins, ces bijoux ;
Apportez-les à ses genoux ;
Son âme est aussi parmi vous.
Dans le ciel clair,
Colombe, fends l'air !

La branche d'olivier est sous ton aile!
L'âge de fer
A fui devant elle !
Comme elle a répandu les grâces de son cœur
Pour guérir la douleur,
Déposez ce trésor aux pieds de votre sœur !

Les jeunes Florentines s'écartent; une musique de barcarole se fait entendre, une flottille de gondoles sillonne la mer; la plus riche de ces gondoles aborde au fond de la scène; la cabine en est fermée par des rideaux.

Après les fleurs, après l'or florentin,
Venise apporte son butin.

FRANCESCA.

Que nous cache cette gondole ?
Sous ses rideaux mystérieux
Que dérobe-t-elle à nos yeux?

ASCANIO.

Deux pauvres amoureux dont le cœur se désole,
Qu'un rigoureux destin a frappés de ses coups,
Et qu'une heureuse étoile amène à vos genoux.

Les gondoliers écartent les rideaux et font descendre de la gondole Pedro et Dolorès portant tous deux le costume espagnol. La jeune captive promène autour d'elle un regard craintif et cache sa tête dans le sein de son compagnon. — Ascanio continue. :

Tous deux esclaves, pris tous deux au bords du Tage,
Le Doge les destine à votre doux servage. —

Les deux captifs se prosternent aux pieds de Francesca qui descend de l'estrade et les relève.

FRANCESCA.

Soyez libres, heureux ! que l'hymen vous engage!
Que Dieu sourie à vos amours !...

Devant la joie des deux amants, Francesca chancelle.

MALATESTA, bas.

Madame !... (Haut.) Trêve de discours !
Que vos jeux reprennent leurs cours !

Malatesta et Francesca reprennent place sur l'estrade. Les deux amants entraînent dans leur danse des couples de jeunes gens et de jeunes filles.

ASCANIO.

Oh ! les souvenirs d'ivresse et de joie !
Oh ! l'écho lointain des printemps heureux,
Quand de leur jeunesse ils suivaient la voie
En cueillant des fleurs par les bois ombreux !..
Oh ! les jeux charmants, quand sur l'herbe verte
Filles et garçons enlaçaient leurs pas
Et qu'aux sons bruyants de leur danse alerte
Un soupir furtif se mêlait tout bas !...

LE CHŒUR.

Goûtez le bonheur que Dieu vous envoie !
Chantez et dansez, couples amoureux !
Oh ! les souvenirs d'ivresse et de joie !
Oh ! l'écho lointain des printemps heureux !

Ascanio se perd dans les groupes et sort.

BALLET.

Le ballet est interrompu par des fanfares et des clameurs confuses au dehors.

MALATESTA

Quel est ce bruit ?

CRIS AU DEHORS

Mort à Malatesta !..
Gloire à Guido de Polenta !

MALATESTA.

Insolentes clameurs !.. peuple rebelle et traître !..

Quelques pages se précipitent en scène.

UN PAGE.

Alerte, Monseigneur !.. La foule est sur nos pas !

MALATESTA, tirant l'épée.

Je brave sa fureur et je ne tremble pas !..

Les seigneurs tirent l'épée et se rangent autour de Malatesta. Guido entre en scène, suivi d'une escorte de chevaliers allemands et d'une foule de bourgeois et d'artisans. Paolo entre en même temps par la droite avec Ascani

SCÈNE IV

LES MÊMES, GUIDO, PAOLO, CHEVALIERS, BOURGEOIS, ARTISANS.

MALATESTA.

Guido !..

GUIDO.

Je viens au nom de l'Empereur ton maître !

MALATESTA.

L'Empereur !..

DEMI-CHŒUR, partisans de Malatesta.

L'Empereur !

GUIDO.

A ses pieds j'ai porté
Nos plaintes, et voici l'arrêt par lui dicté !

Il montre un parchemin.

DEMI-CHŒUR, partisans de Guido.

Regardez !.. il pâlit !.. Il change de visage !....

MALATESTA, après un silence, — il remet l'épée au fourreau. — Tout le monde l'imite.

J'écoute !.. lis-nous son message...

GUIDO, déroulant le parchemin et lisant :

« Instruit de tes méfaits et de ta cruauté
» Qui font dans tous les cœurs mon pouvoir détesté,
» Au nom du Dieu vengeur, au nom de tes victimes,
» Je te cite à ma barre et veux que de tes crimes
» Tu viennes devant moi répondre avant demain !
» Si tu ne m'obéis sur l'heure, je renie
» Mon vassal accusé par moi de félonie,
» Et de toi pour jamais je retire ma main ! »

Malatesta prend le parchemin des mains de Guido et le parcourt des yeux.

DEMI-CHOEUR, camp de Malatesta.

Quoî ! l'empereur ainsi récompense nos armes !...

DEMI-CHOEUR, camp de Guido.

Juste prix qui paiera tant de sang et de larmes !...

DEMI-CHOEUR, camp de Malatesta

L'arrêt qui le frappe aujourd'hui
Pourra demain nous frapper comme lui !

DEMI-CHOEUR, camp de Guido.

Tremble, vassal perfide et traître,
Et courbe-toi sous la main de ton maître !

ENSEMBLE

DEMI-CHOEUR, camp de Malatesta.

Insultez à notre sort !
Nous bravons l'anathème
De l'empereur et de Dieu même !
Malheur à vous, à vous la mort !

DEMI-CHOEUR, camp de Guido.

Va ! maudit !... subis ton sort !
Fuis devant l'anathème
De ton pays et de Dieu même !
A toi l'exil ! A toi la mort !

MALATESTA.

Silence tous !... Je dois obéissance

Au souverain dont je tiens ma puissance,
Et reçois humblement l'ordre qui m'est donné;
Mais l'on oublie imprudemment peut-être
Que, pour être accusé, je suis encor le maître,
Et qu'enfin l'Empereur ne m'a pas condamné!..
Nous avons foi dans sa justice!..

ENSEMBLE

DEMI-CHOEUR, camp de Malatesta.

Sur vous qu'elle s'appesantisse!

DEMI-CHOEUR, camp de Guido.

Sur toi qu'elle s'appesantisse!

MALATESTA.

Pour m'insulter attendez à demain!..
Votre haine est aveugle et trop tôt se hasarde!
A Paolo en lui montrant Francesca,
Mon frère, j'ai reçu sa main!..
Francesca m'appartient!.. je la fie à ta garde!..

ENSEMBLE

GUIDO et ASCANIO, à part.

Perfides adieux!

DEMI-CHOEUR, camp de Guido.

Va! fuis de ces lieux!

DEMI-CHOEUR, camp de Malatesta.

Traîtres odieux!

FRANCESCA et PAOLO, à part.

O coupable joie!
Funestes adieux!..

MALATESTA, les observant, à part.

Quel éclair de joie
Brille dans leurs yeux!

FRANCESCA, à part.

Ah! maintenant loin de mon âme,
Défaillances coupables!... Dieu,
C'est Dieu qui nous sépare!..

MALATESTA.

Adieu,
Mon frère!.. Adieu, Madame!

ENSEMBLE

PAOLO et FRANCESCA, à part.

Que mon cœur soit sans remords!
Oui, c'est Dieu, Dieu lui-même
Qui m'éloigne de ce que j'aime!
Ah! maintenant vienne la mort!

GUIDO et ASCANIO, à part.

Tu te ris en vain du sort!
Courbé sous l'anathème
De ton pays et de Dieu même,
A toi la honte et le remords!

MALATESTA, à part.

O fureur! ô coup du sort!
Je brave l'anathème
De mon pays et de Dieu même!

A moi la haine !

Regardant Paolo et Francesca.

A vous la mort !

DEMI-CHŒUR, camp de Malatesta.

Insultez à notre sort !...
Nous bravons l'anathème
De l'Empereur et de Dieu même !..
Malheur à vous ! A vous la mort !

DEMI-CHŒUR, camp de Guido.

Va, maudit ! subis ton sort !
Fuis devant l'anathème
De ton pays et de Dieu même !..
A toi l'exil ! A toi la mort !

Malatesta jette un dernier regard sur Paolo et Francesca et semble prêt à s'éloigner. Francesca s'est réfugiée dans les bras de son père. Paolo la regarde, appuyé sur Ascanio. Les deux partis semblent prêts à en venir aux mains et se menacent. La toile tombe.

ACTE QUATRIÈME

PREMIER TABLEAU

L'oratoire du premier acte. — Il fait nuit. Le théâtre est éclairé par une lampe placée sur la table.

SCÈNE PREMIÈRE

FRANCESCA, *seule, assise près de la table.*

Tout se tait ! Tout s'endort ! — Mon époux est parti ;
Sous le pas des chevaux le sol a retenti.
Me voilà seule avec moi-même ;
Seule avec ma douleur, seule avec mon amour !..
O regrets ! O rêves d'un jour !...
Paolo va me fuir pour jamais !... Et je l'aime !..

Se levant et posant la main sur le livre fermé qui est sur la table.

Ce livre est toute notre histoire ;
Il a reçu tous nos aveux ;
Doux interprète de nos vœux,
Au bonheur il nous a fait croire !
Ah ! de ce livre inanimé
S'échappe un murmure céleste !..
Mon Paolo ! Mon bien-aimé !..
Non, non ! Tais-toi, livre funeste !
Tombeau de notre cœur, sois à jamais fermé !

De tes paroles caressantes
L'écho lointain me suit toujours !

Le feu brûlant de nos amours
Court dans tes pages frémissantes !...
D'un foyer mort et consumé
Quelle cendre encore te reste ?..
Mon Paolo ! Mon bien-aimé !..
Non, non !... Tais-toi, livre funeste !..
Tombeau de notre cœur, sois à jamais fermé !

LA VOIX D'ASCANIO, au dehors.

Mon maître m'a dit :
L'honneur m'interdit
De revoir ma belle !

FRANCESCA, se levant et écoutant.

C'est la voix d'Ascanio, son serviteur fidèle.

LA VOIX D'ASCANIO.

Malgré mon amour,
Quand viendra le jour,
Je serai loin d'elle !

FRANCESCA.

Hélas !

LA VOIX D'ASCANIO.

Et moi j'ai répondu :
Sans combattre pourquoi se rendre ?
Le bien volé peut se reprendre ;
L'amant qui fuit est attendu.

FRANCESCA, pleurant.

Adieu, cher Paolo ! Que de nos tristes flammes
Tout s'efface ! l'amour ne peut nous réunir,
Je ne veux plus me souvenir !
Pars !.. La mort seule unit les âmes !..

Elle éteint la lampe et sort lentement ; un rayon de lune passe à travers les vitraux de la fenêtre et éclaire faiblement la scène.

SCÈNE II

La scène reste vide

LA VOIX D'ASCANIO, dans la coulisse.

Mon maître m'a dit :
Mon sort est maudit !
Je suis las de vivre !
Demain, loin d'ici,
De mon noir souci
Que Dieu me délivre !
Et moi j'ai répondu :
Sans combattre pourquoi se rendre?
Le bien volé peut se reprendre ;
L'amant qui fuit est attendu !
L'amant qui fuit...

Poussant un cri étouffé.

Ah !...

Paolo entre en scène sur les dernières mesures du chant d'Ascanio, et se dirige vers la fenêtre.

SCÈNE III

PAOLO, seul. Il se penche sur le bureau.

N'est-ce pas
Ascanio qui m'appelle?

Appelant.

Ascanio !..

Silence.

Tout est sombre.
Il n'est pas encor là ! — J'entends un bruit de pas ;
Des hommes s'éloignent dans l'ombre. —

Il redescend en scène et regarde autour de lui.

Je vais donc te quitter, ô Paradis perdu !
Témoin de mon bonheur ! témoin de mon supplice !
Qu'à tout jamais en toi mon cœur ensevelisse
Le secret d'un aveu par toi seul entendu !...

Se tournant vers la porte de l'appartement de Francesca.

Elle est seule !... elle dort peut-être !
Va... va !... ne crains pas mes adieux !
J'obéis ! et je pars !... et te laisse à ton maître !...
Vers lui tu peux tourner et ton cœur et tes yeux !
Mais, avant de partir, avant de fuir ces lieux
Pour n'y plus jamais reparaître,
J'ai voulu te revoir, ô Paradis perdu !
Témoin de mon bonheur ! témoin de mon supplice !
Qu'à tout jamais en toi mon cœur ensevelisse
Le secret d'un aveu par toi seul entendu !...

O Dieu ! qui l'eût pu croire ?...
Sans un regret !... sans un mot de pitié !...

Ses yeux tombent sur le livre placé sur la table.

Le livre est encor là qui garde la mémoire
De ce bonheur par elle à jamais oublié !...

Il saisit le livre et l'ouvre ; le rayon de lune l'éclaire.

Dieu puissant !... la voilà, cette amoureuse page
Où nos regards venaient ensemble se poser !...

Lisant d'une voix entrecoupée.

« La Reine s'inclina... confuse de visage...
« Et devant Galléhaut... lui donna le baiser ! »

Replaçant le livre tout ouvert sur la table.

Baiser menteur !... baiser qui me torture !

Que je sens là, comme le fer,
Encor présent dans la blessure !...
Avant-coureur du ciel qui m'a donné l'enfer !

Écoutant.

Dieu !... c'est elle !...

Il se cache derrière une tapisserie. Francesca reparait ; elle tient une petite lampe qu'elle pose en entrant sur un socle placé près de la porte.

SCÈNE IV

PAOLO, FRANCESCA puis ASCANIO ET MALATESTA.

FRANCESCA.

Quel charme invincible m'attire ?
J'implore le sommeil, et le sommeil me fuit.
O silence, ô fraîcheur, ô parfums de la nuit,
Calmez mon cœur !... chassez un funeste délire !...

Elle se laisse tomber sur le fauteuil auprès de la table. Ses yeux se reportent sur le livre.

Non ! non !... Je l'ai juré !... Je ne veux plus te lire !...

Pendant ces derniers mots, Paolo a soulevé la tapisserie, et est resté immobile les yeux fixés sur Francesca. — Après un nouveau silence, Francesca semble frappée d'une idée subite.

Mais... ce livre est ouvert !... Comment ? Par qui ?

Se lévant.

Grand Dieu !
Quelqu'un est donc ici ?... Je frémis de comprendre !...

Sans se retourner, sans voir, mais comme si elle devinait que Paolo est derrière elle.

Non ! ne parais pas ! fuis !... sans me voir !... sans m'entendre !

Grâce !... fuis !...

PAOLO, s'élançant vers Francesca et la saisissant dans ses bras.

Pas avant de t'avoir dit adieu !

FRANCESCA, défaillante.

Ah !

PAOLO.

Je t'obéissais !... l'âme désespérée,
Je revoyais ces lieux pour la dernière fois !...
Soudain, j'ai reconnu ta voix !...
Je voulais fuir !... tu t'es montrée !
Et maintenant que Dieu te jette sur mes pas,
Non ! non !... je ne partirai pas
Sans avoir contemplé ton image adorée !...
Sans l'emporter au fond du cœur
Comme un rayon du ciel, des ténèbres vainqueur !

FRANCESCA, effrayée.

Insensé !... cet adieu suprême
Nous perd tous deux !...

Elle s'arrache des bras de Paolo.

PAOLO.

Tous deux ?

FRANCESCA.

Doutes-tu que je t'aime ?...

S'abandonnant peu à peu et avec une passion croissante.

Penses-tu que le passé
De mon cœur soit effacé ?...
Que ce foyer soit en cendres ?...
Qu'un seul de tes regards ne le ranime pas ?...
Et que je puisse t'entendre,
Sans t'attirer dans mes bras ?

Sans épier ton sourire?...
Sans m'enivrer de ta voix?
Et sans perdre mon âme, ô suprême délire!...
A t'aimer, à te le dire,
A te le dire cent fois!...

PAOLO, dans les bras de Francesca.

Francesca!...

FRANCESCA, revenant à elle et voulant s'éloigner.

Qu'ai-je fait?

PAOLO, la retenant.

Ah! parle-moi... J'écoute!...
Je tremble, mon cœur doute!...
Va!... le ciel est à moi!...
Que son tonnerre gronde!...
Je ne vois plus au monde
Autre chose que toi!...
Je n'entends plus que toi!

On entend un bruit confus et étouffé au dehors.

FRANCESCA.

Silence! un bruit de pas!...

PAOLO.

Non! c'est mon page!...

Avec désespoir.

Ah! les chevaux sont là!... l'exil est mon partage!...
Un autre!... Rends le calme à mes sens égarés!
Ne repousse pas ma prière!
Ne me dispute pas cette heure!... la dernière!...
Dans un instant, grand Dieu! nous serons séparés!

ENSEMBLE.

PAOLO.

Ah ! parle encor, j'écoute
Je tremble !... mon cœur doute !
Va... le ciel est à moi !
Que son tonnerre gronde !...
Je ne vois plus au monde,
Je n'entends plus que toi !

FRANCESCA.

O Dieu, que je redoute,
Ma pitié qui l'écoute
Est un manque de foi !
Vois ma douleur profonde,
Et si ta foudre gronde,
Ah ! ne frappe que moi !

FRANCESCA, *s'arrachant de nouveau des bras de Paolo.*

Malheureux !... à l'honneur rien ne peut vous soustraire !
Souviens-toi !... Souviens-toi que mon époux... ton frère...
Ma remise en tes mains !...

PAOLO, *enlaçant Francesca et lui montrant le livre resté ouvert.*

Je me souviens qu'un jour
Nous lisions dans ce livre une histoire d'amour !...
Et moi, perdu dans mon extase,
Je me disais ses yeux verront
Ce que pense mon âme !... Et que le ciel m'écrase
Si tes lèvres alors n'ont effleuré mon front !..

FRANCESCA, *éperdue*

Dieu !

Elle se laisse tomber sur le fauteuil. — Paolo s'agenouille près d'elle.

PAOLO.

Nous étions ainsi

Posant le doigt sur le livre.

Reconnais-tu la page
La reine, d'un baiser, payait le doux servage
De Lancelot!... Et moi, — tu n'as pu l'oublier!...
Je disais par deux fois : Oh ! l'heureux chevalier!...

FRANCESCA.

Paolo!.. grâce!.. grâce!..

PAOLO.

Toi tremblante d'émoi,
Oh ! je m'en souviens !... à voix basse,
Ta bouche a murmuré....

FRANCESCA, s'abandonnant à l'étreinte de Paolo et le baisant au front.

Pas plus heureux que toi!

ENSEMBLE.

Amour enivrant ! dévorante flamme !...
Tu briess ma force et ma volonté!...
Réunis nos cœurs, et n'en fais qu'une âme
Jusque dans la mort et l'éternité!

La porte du fond s'ouvre; Ascanio entre mourant et tombe sans pouvoir prononcer une parole et sans être aperçu des deux amants.
Malatesta paraît sur le seuil et regarde les deux amants qui reprennent sans l'apercevoir.

Jusque dans la mort....

Malatesta, toujours immobile, tire son épée. — Paolo et Francesca continuent.

et l'éternité !...

Malatesta semble prêt à s'élancer sur eux. Paolo et Francesca se regardent absorbés dans leur extase. — un rideau de nuages passe devant le théâtre.

DEUXIÈME TABLEAU

ÉPILOGUE.

Même décoration qu'au deuxième tableau du prologue.

SCÈNE DERNIÈRE.

PAOLO, FRANCESCA, DANTE, VIRGILE puis
BÉATRIX ET SÉRAPHINS.

Les âmes de Paolo et de Francesca sont debout, enlacées l'une à l'autre, au sommet d'un rocher ; — Dante et Virgile sont sur le devant de la scène.

ENSEMBLE.

PAOLO ET FRANCESCA.

Amour sans espoir ! Ta coupable flamme
Asservit mes sens et ma volonté !
Dévorante soif, tu brûles mon âme
Des ardeurs sans fin de l'éternité !

DANTE.

O Béatrix, entends ma voix qui te supplie !
Prends pitié de leurs pleurs et les viens secourir !

Le fond du théâtre s'ouvre tout entier. — Béatrix apparaît entourée d'anges radieux sein d'une auréole lumineuse et sans limites.

VIRGILE.

Étoile du pardon, messagère bénie,
Ta Béatrix, ô Dante, à leurs yeux vient s'offrir.

Pour régner sur la mort il faut vaincre la vie !
Il faut mourir d'aimer pour aimer sans mourir !...

En ce moment la décoration tout entière se meut de haut en bas. — La région supérieure envahit à peu près tout le théâtre de sa lumière, pendant que la région inférieure disparaît graduellement sous la scène. Dante et Virgile s'inclinent devant cette vision céleste.

ENSEMBLE FINAL.

PAOLO et FRANCESCA, les bras tendus vers Béatrix.

Soleil des élus, que ta sainte flamme,
Éclaire mon cœur et ma volonté !
Célestes concerts, enivrez mon âme !
Gloire, gloire à Dieu, dans l'éternité !

DANTE ET VIRGILE.

Soleil des élus, que ta sainte flamme
Éclaire mon cœur et ma volonté !
Chaste Béatrix, verse dans mon âme
L'ineffable amour de l'éternité !

BÉATRIX et le CHŒUR des anges abaissent leurs palmes vers Paolo et Francesca en signe de pardon.

Soleil sans déclin, ta vivante flamme
Éclaire mon cœur et ma volonté !
Célestes concerts, enivrez mon âme !
Gloire ! gloire à Dieu dans l'éternité

FIN

DERNIÈRES PIÈCES PARUES

	fr.	c.
Le Monde où l'on s'ennuie, *com.*	4	»
La Princesse de Bagdad, *com.*	4	»
La Roussotte, *comédie*	2	»
Janot, *opéra-comique*.	2	»
Les Poupées de l'Infante, *op-com*..	2	»
Pendant le Bal, *comédie* . . .	1	50
Le Voyage d'agrément, *com.* .	2	»
Miss Fanfare, *comédie*	2	»
Le Klephte, *comédie*	1	50
L'Alouette, *comédie*.	1	50
Le Récit de Théramène, *par. en v.*	1	»
Le Canard à trois becs, *vaud.*	2	»
La Noce d'Ambroise, *tabl. pop.*	1	50
La Petite Sœur, *comédie* . . .	1	50
Jean Baudry, *pièce*.	2	»
La Papillonne, *comédie*	2	»
Charlotte Corday, *drame* . . .	2	»
La Moabite, *pièce en vers*. . .	2	»
Rataplan, *revue*	2	»
Les Braves Gens, *comédie*. . .	2	»
Belle Lurette, *opéra comique* .	2	»
Nina la Tueuse, *comédie* . . .	1	50
Daniel Rochat, *comédie*. . . .	2	»
La Petite Mère, *comédie* . . .	2	»
L'Amiral, *comédie en vers* . .	2	»
Jean de Nivelle, *opéra com*.. .	1	»
Chevalier Trumeau, *c. en vers.*	1	»
Papa, *comédie*.	2	»
Vercingétorix, *drame*.	4	»
Les Mouchards, *pièce*.	»	50
La Victime, *comédie*	1	50
Beau Nicolas, *opéra comique* .	2	»
Le Mari de la débutante, *com.*	2	»
La Jolie Persane, *opéra com* .	2	»
Anne de Kerviler, *drame*. . .	1	50
Jonathan, *comédie*.	2	»
Lolotte, *comédie*.	1	50
La Famille, *comédie*	1	50
L'Etincelle, *pièce*.	1	50
Les Tapageurs, *comédie*. . . .	2	»
Le Petit Hôtel, *comédie*. . . .	1	50
La Petite Mademoiselle, *op. c.*.	2	»
Yedda, *ballet*	1	»

	fr.	c.
Etienne Marcel, *opéra*	1	»
L'Age ingrat, *comédie*	2	»
Les Danicheff, *com.*	2	»
La Camargo, *opéra com* . . .	2	»
Les Amants de Vérone, *opéra*.	1	»
Le Phonographe, *à-propos* . .	1	»
Le Gascon, *drame*	2	»
Le Club, *comédie*	2	»
Les Vieilles Couches, *comédie* .	2	»
Les Fourchambault, *comédie* .	2	»
Le Petit Duc, *opéra comique* .	2	»
Hernani, *pièce*.	2	»
Scandales d'hier, *comédie* . . .	2	»
La Cigale, *comédie*.	2	»
Le Fandango, *ballet pant.* . .	1	»
La Comtesse Romani, *com* . .	2	»
Le Roi de Lahore, *opéra*. . .	1	»
Cinq-Mars, *drame lyrique* . .	1	»
Oh! Monsieur! *saynète*. . . .	1	»
Les Charbonniers, *opérette* . .	1	50
Le Tunnel, *comédie*.	1	50
L'Hetman, *pièce en vers*. . . .	2	»
L'Etrangère, *comédie*.	2	»
Paul Forestier, *com. en vers* .	2	»
Le Prince! *comédie*	2	»
Mariages riches! *comédie*. . .	2	»
Aïda, *opéra*	1	»
Paul et Virginie, *opéra*. . . .	1	»
La Partie d'échecs, *comédie* . .	1	50
Sylvia, *ballet*	1	»
Madame Caverlet, *comédie*. . .	2	»
Piccolino, *opéra comique* . . .	2	»
Boulangère a des écus, *o. bouf.*	2	»
Loulou, *vaudeville*	1	50
Monsieur attend Madame, *com.*	1	50
Petite Pluie, *comédie*.	1	50
Le Panache, *comédie*	2	»
Fanny Lear, *comédie*.	2	»
Carmen, *opéra comique* . . .	1	»
L'Oncle Sam, *comédie*	2	»
La Haine, *drame*.	2	»
La Boule, *comédie*	2	»
La Mi-Carême, *vaudeville*. . .	1	50

PARIS. — IMPRIMERIE CHAIX, 20 RUE BERGÈRE. — 9170-2

www.ingramcontent.com/pod-product-compliance
Ingram Content Group UK Ltd.
Pitfield, Milton Keynes, MK11 3LW, UK
UKHW020341250726
13967UKWH00005B/2061

9 782013 059923